세월 잘못 만나

사방천 시집

QR코드

시 : 깊은 계곡
시낭송 : 이은숙
스마트폰으로 QR 코드를 스캔하면
시낭송을 들을 수 있습니다.

시음사
도서출판

시인의 말

세월 잘못 만나 전쟁에 시달리고 초근목피로
연명하며 모진 세월과 동행하여 오늘을 이루어
지나온 길 되돌아 보니 너무나 힘겨웠던 삶을 지나
오늘에 이르러 의식주 해결하니
혈기왕성하던 그 모습 간곳없고
넘어가는 석양이 되어
지나온 과거사 생각나는대로 백지에 담아 보니
詩라고 하는 글은 우리 삶의 일기이자
하나의 애환인 것 같다.

사방천

제 1부

실향민	10
도담삼봉	11
문경 새재	12
백설	14
산 같은 마음	15
미시령 넘어	16
단풍 나무	17
망배단	18
인생	19
희망의 나라	20
흑심 과욕	21
흑룡(黑龍)	22
회상	24
청춘 세월	25
천태종	26
통나무집	27
천연의 신비	28
지나온 세월	29
저녁의 향기	30
고향	31
둥글둥글	32
불로장생	33
떠돌이 인생	34

제 2부

국립 박물관   36

고사목   37

경로   38

겨울 바다   39

고대산   40

고란사   41

그리움   42

나루터   43

금전에 메이다   44

노을   45

나라의 초석   46

김삿갓   47

나의 사랑 당신   48

나는 갈래   49

대전   50

낙산사   51

청솔밭 솔 향기   52

계절 같이 살아보세   53

두견새   54

가는 여름 오는 가을   55

산골   56

달빛 어린 추억   58

제 3부

꽃피운 봄바람　　　　　　　　　60

강변의 봄　　　　　　　　　　61

갈산　　　　　　　　　　　　62

산유화　　　　　　　　　　　63

깊은 계곡　　　　　　　　　　64

강둑의 봄　　　　　　　　　　65

나그네　　　　　　　　　　　66

목련　　　　　　　　　　　　67

마곡사　　　　　　　　　　　68

맑은 향기　　　　　　　　　　69

두메산골　　　　　　　　　　70

녹색의 오월　　　　　　　　　71

노력과 꽃　　　　　　　　　　72

딸 생각　　　　　　　　　　　73

너와집　　　　　　　　　　　74

무릉계곡　　　　　　　　　　75

옛정　　　　　　　　　　　　76

옛 고향　　　　　　　　　　　77

세월의 아침　　　　　　　　　78

세상살이　　　　　　　　　　79

수줍은 철쭉꽃　　　　　　　　80

제 4부

낙엽   82

가을바람   83

임 그려   84

나라 사랑   85

고추잠자리   86

감나무   87

가을   88

임 떠난 바다   89

생물이란   90

산사의 단풍   91

삼팔선   92

사랑의 기쁨   93

비 오는 날   94

벌초(伐草)   95

빛 이른 태양   96

세월에 묻어가는 인생   97

삼일절   98

삶의 여정   99

석양   100

가화만사성   101

불모지 꽃이 핀다   102

제 5부

원조의 뿌리   104

야속한 세월   105

오일장   106

연인 생각   107

여수 박람회   108

역경의 삶   109

아리랑 고개   110

천사들의 눈물   111

추억   112

철새   113

청풍야월   114

가을 노래   115

철마는 말이 없다   116

청춘은 가네   118

청풍도 변하리라   119

천의 자원   120

탐욕은 금물   121

산기슭   122

삶의 행로(行路)   123

화진포   124

허무한 인생   125

붉은 장미   126

자연   127

제 1부

인생은 공수래공수거
풀잎에 잠깐 머무는 이슬 같은
인생 한 번 왔다 가는 건
그 누구도 다 잘 알건만은
이승에 잠깐 머무는 동안
광대 노릇 하다 보니
어느덧 산마루에 걸쳐있는
석양이 되었네

실향민

가을 하늘 구름타고
령을 넘어 바람 따라 달려 간 곳
실향민들의 애환이 담긴 판자촌
애절한 통곡소리가 파도에 실려
갈매기 슬피 우네

내 고향 부모 형제 두고 온
북녘땅 반평생 넘도록
가질 못하고 애만 태우는
이내 심정 저 바다는 알리라

썼다가도 못 보내는
눈물에 얼룩진 사연의 편지
북녘땅을 오고 가는
저 기럭아 내 부모 형제들에게
서신이나 전하여 주렴

가고프고 가고파도 못가며
백발이 되어도 갈 수 없는
이내 몸 이승을 하직하여
저승길에 가서나 만나 보려나?

도담삼봉

맑은 물 푸른 강산
천의 자원 도담삼봉
조선시대 개국공신 정도전이
호를 삼봉이라고 할 만큼
아름답고 유서 깊은 자연의 신비

수중에 솟은 도담삼봉 연변
정자에 앉으니 수풍에 아련히
들려오는 노랫소리 옛 선인의
음성이 들리는 듯

죽순을 닮았다하여
옥순봉이라 부르는 바위
절경에 감탄하여 관중들 함성소리
도담삼봉은 즐거운 듯 박수를 치고
맑고 푸른 물은 넘실넘실 춤을 추니
지나가던 바람도 쉬어 갈까 하노라

문경 새재

조령고개 애환의 길
선비들의 꿈이 어린
과거 길 청운의 길
가난에 시달리는 여인들의
애절한 고난의 길

지필묵 챙겨 낭군님
과거 길 행장 준비
여인의 모발 잘라 여비 마련
새털 같이 낡은 도포입고
과거 길 행차 나서니

박복한 살림살이 낭군님 뒷바라지
낭군님 과거 보러 한양 천리 보내고
밤이면 냉수에 목욕재계
정화수 차려놓고 낭군님
과거급제 두 손 모아 빌고 비니
급제한 낭군님 나귀 타고 오시네

금의환향 알선 급제
조령고개 당도하니
산새도 반가워 노래 부르고
산천초목 고개 숙여 환영하니
온 동네 떠들썩 경사 났네 경사 났어
애타던 여인의 얼굴 웃음 꽃 활짝 피네

백설

잿빛으로 물든 검은 하늘에
하얀 꽃잎 썰렁한 대지 위로 내려
어두웠던 산천 하얀 이불 깔아 놓은 듯
은빛으로 장식하니 벌거숭이 나뭇가지
산새들 노래하고 다람쥐 손뼉을 치네

가을바람에 실려 간
푸른색 그리운 임 낙목한설에
깊은 잠이 들어 못 오시고
명월이 창에 비추니 삭풍이 창문
두드려 야월 삼경 깊이 든 잠 깨어
앉았으니 임이 오나 누웠으니 잠이 오나

낙목한설 찬바람에 울고 가는
저 기러아 한설에 잠이 든
푸른 임에게 봄이 오면 오시길
기다리는 이내 심정 전하여다오

산 같은 마음

우리 사는 세상
우리도 산 같은 마음으로
살아가면 얼마나 좋을까?

서로 믿고 서로를 사랑하고
존경하는 이런 마음으로
사는 세상 얼마나 좋을까?

저 자연의 산을 보세요
산은 나무도 살고 동물도 살고
벌레, 새 등 인간도 다 받아들이는
이러한 삶이 되어 살면 좋으련만

우리 서로가 서로를 불신과
배신하며 살지 말고
이기심 불신감 배신 모두다
털어버리고 올바른 정신과
넓은 마음으로 산과 같이
살아갑시다

미시령 넘어

철마에 몸을 싣고 넓은 길 달리어
미시령 당도하니 신선봉은 반가운 듯
맞이하려 하나 동장군 가로막아
오르지 못하고 신선봉 뒤로하고
철마는 모르는 듯 미시령을 넘어가네

미시령 넘어 대조영 촬영소 머물려
중식을 하고 속초 바다 당도하니
청파에 맑은 바람 어서 오라 손짓하네

영금정 올라서니 항공에 갈매기 날고
청파에 밀려오는 물결 암석에 부딪쳐
흰 거품을 내며 파도치는 소리
석양에 비치는 백사장 은빛 같이 반짝이네

단풍 나무

동잠에 취하여
꽁꽁 얼어 붙은 땅위에
벌거벗고 떨고 있는 내 몸을
봄바람이 찾아와 살랑 살랑
녹여주니 해님도 앙상한
내 몸에 푸른 옷 입혀주시네

해님이 주신 옷
여름내 몸단장하여
색동은 옷 갈아입고
옷맵시 자랑하니

심술궂은 동장군
찾아와 색동옷 벗기고
비바람 몰아오니
하늘도 애처로워
하얀 이불로 발가벗은
이 몸 감싸주시네

망배단

밤중에 총소리 놀라
얼결에 강 건너와 잠시 머물다
가려 하였는데 고향의 부모 형제
떠나온 지 반세기가 지나도 가지
못하고 바라보고 소릴 쳐도 소용이 없네

고향 부모형제 그리워도
가지 못하여 망배단의 향불 피우고
간절히 애원해도 소용없고
검은 머리 백발되도록 세월만 간다

남북을 오고 가는 저 기럭아
반세기동안 그리운 사연
가슴에 적어놓은 소식을
애타게 기다리는 부모 형제들에게
통일이 되면 꼭 간다고 전하여 다오

인생

인생은 공수래공수거
풀잎에 잠깐 머무는 이슬 같은
인생 한 번 왔다 가는 건
그 누구도 다 잘 알건만은
이승에 잠깐 머무는 동안
광대 노릇 하다 보니
어느덧 산마루에 걸쳐있는
석양이 되었네

질투와 탐욕 다 버리고
오는 사람 거절 말고
가는 사람 막지 말며
멍청해도 아니 되니
몸 건강할 때 놀러도 다니고
내가 좋아하는 취미
생활도 하고 즐겁게 살다
이승 끝나면 언제고 오라하면 가시구려

희망의 나라

한파가 지나고 먹구름 걷히며
광명의 새 희망 다시 돌아왔으니
움츠리던 가슴 활짝 펴고
너도 나도 다 같이 합심하여
열심히 노력하여 살기 좋은
대한민국 이루어가세

살아나네 살아났어
우리경제 살아났네
우리가 잘살려면 머릿속에 들은 실력
입으로 하지 말고 몸으로 실천하면
세계의 으뜸국가 아니되리 없으리라

윗물이 맑아야 아랫물이 맑다는 말 같이
지성인들이어 잿밥에만 마음 쓰지 말고
서로 믿는 사회 만들어 다 같이 잘 살면서
세계에 인정받고 존경받은 국민이 되어 보세

흑심 과욕

삼천리금수강산 한파가 몰아치니
앙상한 나뭇가지 백설이 품고 있다
광명이 밝아오니 그늘에 햇빛 들어
잠자던 초목들이 꽃피고 나뭇잎 피네

한파가 제아무리 심한들 봄바람에
피는 꽃 어이하리 권력과 검은 돈에
허영심 언젠가는 들어날 검은 마음
은팔찌 큰집 신세 수십 년 고용살이
한순간 무너지고 이제야 후회하네

흑룡(黑龍)

신묘년
너
혼자 가기
서운하여
삼대 독재 계승자와
동행을 하는구나

굶어 죽은 백성들
애절한 통곡소리
지하에서 울고 있다

임진년
잠자던 흑룡이
잠깨어 나타나면
삼대 독재 공산주의
한순간에 멸망 한다

도와주는 민족을
원수로 아는
너희들 연평도와
천안함의 전사들이
분노하고 통곡한다

어서 빨리 사죄하고
굶주리는 백성들
배불리 먹여 남북통일
하여 지상낙원 이루어
후손에게 물려주자

회상

백병산 검은 먹구름
삿갓봉에 궂은 비 내려
한강수 맑은 물 흐르고
봄바람에 버들가지
하늘거리며 나를 부르네

청풍 야월 달 밝으니
한강수 맑은 물에 원앙선 띄워
야월 삼경 깊은 밤에
연인과 단 둘이 뱃놀이 가세

사공의 노랫소리 머물고
사공도 간곳없이
서쪽 새 우는 소리
찬바람 불어오니
물아래 달빛도 아롱거린다

휘영청 밝은 저 달을
바라보며 연인도
나와 같이 회상에
잠겨 있는지 비몽사몽 간에
추억 많이 새로워라

청춘 세월

세월은 청춘을
열심히 살았더니
황혼길 접어드니
마음대로 살라하네

몸은 늙고 허리는 굽어
지팡막대 의지하니

갈 곳 없고 하릴없어
골방신세 생각하면
지나간 세월이
모두가 꿈만 같다

맑은 하늘 화려한 풍경
나뭇잎 너울너울
바람 따라 구름 따라
산천경개 둘러보니
이 몸은 늙었어도
새 소리 물 소리는
옛날과 다름이 없네

천태종

상월선사
자비하신 부처님 말씀 작봉하여
상월선사 구름에 실려 바람타고
백 자리에 하강하여
구봉팔문 열린 곳에
초암 지어 수도하며
자비하신 부처님 말씀 선포하니
방방곡곡 전파되어 신도들 구름 같이 모여드네

협곡의 오십여 채 사찰 건립
수도하던 초암자리
수만 명 수용할 웅장한 강당지어
앞마당에 거구의 사천왕 모셔 놓고
자비하신 불전마다 등불 달아
불자님들 소원성취 발원하네

구봉팔문 활짝 열어
만인들 왕래하니
수리봉 밑 높은 곳의 상월선사
고이 누워 법당의 불 밝히고
세계 평화 발원하며
영생을 기원하네

통나무집

추억의 통나무집
삼간 오막살이 통나무집
통나무 얼기설기 얹어
진흙으로 틈새 메우고

여러 식구 한 방에 앉아
밤이 되면 등잔 불 켜놓고
오순도순 검은색 무명 이불 덮고
살 비비며 살던 보금자리

토기 화로 잿불에 감자 고구마
묻어 놓고 형제들 모여 앉아
정 나누며 나의 꿈을 키우던
통나무집 지금도 정이 넘쳐나겠지

어린 시절 옛 정은 어디로 가고
메마르고 삭막한 바람 덧없이 불어
바람에 시달리고 세월에 짓밟혀
하얀 백발만 왕성하고
옛 추억만이 꿈 같이 새로워라

천연의 신비

장가계 황룡동굴
자연의 보물들이
지하의 신비로움
천연의 조화로다

룡 경업 푸른 물결
청자 빛 하늘 같고
지상에 우뚝 솟은
절경의 암석들은
하늘을 떠받들은 듯
참으로 신기하네

절경에 굽이굽이
인공호 풀은 물에
돛단배의 몸을 실으니
신선이 따로 없네

지나온 세월

힘겹게 살아온 세월은 다 잊어버리고
남은 세월 보람있게 설계하여
마음 비우고 새로운 씨앗 텃밭에 심어
사랑과 행복의 열매 이루어 가자

어두운 밤이 지나면 아침이 오듯
사랑이 넘치는 꽃 피워 벌 나비 춤을 추고
아지랑이 아롱거리며 종달새 울부짖는
아름답고 활력이 넘치는 세상 만들어 가세

우리 삶의 남은 태양이 끝나는 날까지
이 넓은 세상의 사랑과 행복에 씨앗 뿌려
모두가 보람찬 열매 맺어 웃음이 넘치는
활기찬 세상 만들어 행복이나 누려 가세

저녁의 향기

어둠이 짙게 내려앉으며
그윽한 향기를
고요히 내뿜습니다

언제나 현실의 삶이
버겁더라도
날마다 다짐하는 감사한 마음

하루일 마감에 앞서
온종일 스스로 힘들었던 마음을
조용히 가다듬어봅니다

오늘도 감사히 하루를 마감하면서
무거웠던 마음을 잠시 내려놓고
가만히 호흡을 다스려봅니다

고향

옛날 나 살던 고향은
산 높고 물 맑은 두메산골
봄이 오면 산과 들에 백화 만발하고
산새들 지저귀며 뻐꾹새 우는
아름다운 내 고향

동구 밖 계곡 아카시아 꽃 만발하면
친구들과 계곡에 모여
버들피리 꺾어 불던 옛 친구들
지금은 그들도 백발이 되어
고향에 모여 살고 있는지

저 하늘 저 산 아래 어린 시절
모여 놀던 그곳에 백발이 되어
지금도 모여 옛이야기 하며 살고 있는지
먼 옛날 어린 시절 생각이 난다

둥글둥글

오늘이 있기에 내일이 오기를
기다리듯 마음 졸이지 말고
느긋이 살아갑시다
여태껏 그렇게 살아왔으니까

세상에 욕심부린다고
무엇이 잘되는 일이 있는가
거짓말하여 가며 남에게
피해 주면서 살면
인생은 공수래공수거

욕심부려 은팔찌 차고
남에게 눈총받아 가며 살면 무엇하나
과다한 탐욕 강물에 버리고 세상 돌아가는 대로
따뜻한 마음 서로 나누며 둥글둥글 살아봅시다

불로장생

인간 삶 구경나와 청풍 따라
미 풍진 세상 여기저기 둘러보니
경치 좋고 아름다운 계곡 물은
세월 따라 잘도 흐른다

청풍 따라 세월 따라 방황하다
산수 좋고 풍경 좋은 터를 잡아
수십 년 공을 들여 초가삼간 지어놓고

나 한 칸 달 한 칸에 청풍 한 칸 들이고
강산은 들릴 때 없어
만수산 넓은 뜰에 둘러 두고 보리라

사립문의 만수무강 현판 달고
앞마당 여기저기 불로초 심어
억만년 불로장생하려는데

덧없는 세월 어느덧 흘러
황혼길 접어드니
생로병사 웬 말이냐

떠돌이 인생

석양을 품에 안고 흘러가는 한강수야
너는 유유히 흘러 어디로 가느냐
기러기떼 모여 한가로이 노니는데
덧없는 세월 속에 내 인생 묻어간다

정처 없이 헤매 도는 떠돌이 인생
아무리 헤매여도 머물 곳 없으니
넘어가는 석양마저 야속하구나
강물을 바라보며 한숨짓는 나그네

쉬지 않고 흘러가는 세월 속에 정처 없이
떠도는 나그넷길 하루해가 또 지는구나
서산에 지는 해야 말 물어보자
이내 몸 쉬어 갈 곳 어느 처마 밑이냐

제 2부

부질없이 지나간 젊은 시절
속절없이 세월따라 달려온
발자취 되돌아보니
이마의 주름만 늘어가고
검은 머리 백발 되고
옛 추억 그리움과
황혼의 노을이 짙어만 가네

국립 박물관

봄바람
유혹으로 전동차에 실려
국립 박물관 광장 당도하니
선인들과 같이 있던 원로의 바람이
정자에 앉아 호수에 낚시를 걸고
잠긴 세월을 건지려 하네

박물관 입구 층층대 걸터앉은
화분에 가지각색의 양귀비꽃이
많은 관람객을 인도하니
안내하는 지도자도 공손히 인사하며
반가이 안내하네

박물관 문을 열고 들어서니
미국의 삼백 년 역사를 간직한
수많은 그림들이 한국 박물관에
모여 지나온 미국 역사를 이야기하니
구경하는 관중들의 눈길이 미국의
역사를 유심히 바라보며 경청을 하네

고사목

깊은 산 능선 가로누워있는
굴참나무 모진 비바람에 썩어
앙상한 뼈만 남아 누워
다람쥐 등 위로 넘나들어도
유구한 역사는 나만 아느니

풋내기 어린나무
네 아무리 우쭐대도
깊은 산 깊은 뜻은
나 아니면 누가 알리오?

사계절 흘러가는 세월
깊은 산 유해 곡절
누워있는 나만 아느니

경로

우리나라 살기 좋은 세상
오늘은 노인들 잔치라 한다.
갈 곳 없어 집에서 텔레비전과
벗을 삼다 경로잔치 구경가네

잔치마당 들어서니
무대 안에서 노래하며 봉사자들
늙은이 안내하여 입석에 좌정하니
흥겨운 노랫소리 어깨춤이 절로 나네

주안상 들어앉아 주고받는 술 잔에
취기가 발동하여 몸은 늙어도 마음은
청춘이라 권주가의 흥에 겨워 춤을 추니
검은 머리 백발 되듯 석양도 재를 넘네

겨울 바다

찬바람 몰아치고
눈보라 휘날리는 엄동설한
망망대해 돛을 단 고깃배
바람에 넘실대며 한숨짓는
어부들의 구성진 노랫소리
갈매기 너울너울 춤을 추며
가난에 시달리는 어부들의
슬픈 마음 위로해 주네

삭막하고 쓸쓸한 바닷가
초가삼간 문풍지 우는 소리
가난에 시달리는 어부들의
마음 수심에 잠기어 슬프고
막연하고 답답한 심정을 아는 듯

순풍이 찾아와 동장군 몰아내고
만경창파의 태양이 솟아 따뜻한
봄소식 다시 오니 수심에 쌓인
어부들 얼굴에 희망의 꽃 활짝
피어 순풍에 돛 단 고깃배 어부들
콧노래 갈매기도 즐거워 노래하네

고대산

고대산 올라서니
푸른 하늘 뭉게구름 두둥실
들녘의 황금벌판에
채소밭은 녹색으로 화폭의
그림 보는 듯 아름다워라

고대산아 말 물어보자
바람과 새들은 남북을
오고 가건만
녹슨 기찻길에
철마는 언제 달리나

철마는 가지 못하고
북녘땅 바라보며
신탄리역에서
아련한 옛 추억만
더듬어본다

고란사

부속산 절벽의 우뚝 솟은
바위틈에 걸터앉은 낙화암
말없이 흐르는 백마강
푸른 물 한숨 지며 바라보니

노송에 걸터앉은 저 달도
넋을 잃고 흐르는 푸른 물결의
옛 추억에 잠긴 듯
바람결에 흔들리는 노송 사이로
한이 설인 강물 바라보며
달빛마저 흐려진다

노송 아래 고란사
종소리도 머무른 지 오래고
말굽에 짓밟힌 백제의 한을
백마강 푸른 물 너만이 간직하고
세월의 바람따라 흘러만 가느냐
낙화암 찾은 길손 한숨 지며 발길 머무네

그리움

노을이 붉게 물든 하늘
그리움 한 조각
눈 감으면 아련히
떠오르는 옛 추억 한 토막
안갯속에 피어오르듯
꿈같은 추억이 찾아드네

석양의 노을 피어오르는
한 송이 구름 꽃 추억
더듬어보니 지난 세월
안갯속에 묻힌 그리움
한 조각에 아쉬운 청춘 시절

부질없이 지나간 젊은 시절
속절없이 세월따라 달려온
발자취 되돌아보니
이마의 주름만 늘어가고
검은 머리 백발 되고
옛 추억 그리움과
황혼의 노을이 짙어만 가네

나루터

추억의 강나루
강가의 옛 나루터
장날이면 강 건너 장꾼들
소리치고 손짓하면 이른 새벽
사공은 눈 비비며 나와 장꾼들 건네주는
옛 모습 간데없고 강물만 출렁인다

산기슭 옛 추억의 나루터
인척은 간곳없고 쓸쓸한 강 언덕
노송만이 외로이
향수를 달래어 주네

나루터 왕래하던 선인들
어디 가고 사공의 뱃노래
머문 지 오래이며 한강에
가로 놓인 육로에 차만이 오고 가며
강물도 유유히 말없이 흐르고
사공도 간곳없고 추억만 새로워라

금전에 메이다

이 세상 금전이 먼저인가
인간이 먼저인가
금전이 인간을 만들었나
인간이 금전을 만들었나

세상 사는 것이 제멋대로 산다 하지만
인간은 금전에 매수되어 살아간다
인생에 금전이 전부는 아니다
금전에 너무 치우쳐 살지 맙시다

금전이란 삶에 필요한 것이지만
금전은 삶에 이로울 수도 있고
과한 욕심 부리면 독이 될 수 있다
억지로 모아 살만하니 병마가 찾아와
모아 놓은 돈 병원 다 갖다 주고
병 들으니 세월도 무심하게 회생의
시간 여유도 주지 아니하네

한 번 왔다가 가는 인생 마음 비우고
조금 부족하게 살면 일신이 편하니
믿음과 이해와 사랑으로 서로 존경하며
마음 비우고 웃음 지며 살다 가도 되련만

노을

저녁노을
붉게 물드는
저 하늘 아래
나지막한 산기슭

외로이 서 있는
초가삼간 굴뚝으로
솟아오르는 검은 연기

마치 석양을
쫓아가는 구름을
연상케 하며

아— 저녁노을
연기 속에
오늘 하루도
저물어 가네

나라의 초석

금오산 정기 받아 성모리에
대한민국 살리는 구세주 오시어
초근목피로 연명하던 보릿고개
넘어서 살기 좋은 대한민국
경제개발 초석 튼튼히 만들었네

모든 고난 다 겪으시며
고속도로 지하철 만들어 놓고
공업단지 건설하여 경제발전
이루시고 호강 한 번 못하시고
두 양주분은 다시는 못 오실
먼 곳으로 영천 하시었네

대통령 각하님 생가 영정 앞에
고개 숙여 참배하니 새들도 슬피 울고
바람에 초목도 통곡을 하네

대통령 각하님의 업적 남기신 표적
새마을운동 비석도 넋을 놓고 묵묵히
먼 산만 바라보며 양주분 영정 앞
금오산의 애절한 통곡 소리 천지가 울린다

김삿갓

과거 급제하고 보니
조상님 욕되게 한 죄
벼슬도 마다하고
죽장에 삿갓 쓰고
방랑길 들어서 문전걸식
허송세월 구름에 달 가듯
세월도 잘 가누나

오늘은 이 마을 내일은 저 마을
오라는 곳은 없어도 갈 길은 바쁜데
술 한 잔에 시 한수로 오늘 하루해가
서산을 넘고 이내 몸 쉬어 갈 곳
어느 지붕 아래인가

구름 따라 바람 따라 떠돌다 보니
방랑생활 수십 년 세월 속에
육신은 타향에 고인이 되고
살던 곳 산 높고 고을 깊은
영월 땅 시인 업적 이루어

첩첩산중 깊은 골의 꽃 피우니
시인 묵객 다 모여
인산인해 이루었네

나의 사랑 당신

나 그대 사랑하리
저 하늘 아래 살아가는 동안
나의 사랑하는 당신을 위하여
생활이 가난하여 힘들지라도
나 그대만을 사랑하리

나 그대 사랑하리
이 세상 하나밖에 없는 귀중한 당신
하늘이 맺어준 인연 거센 비바람에
시달려도 마다 않고 따라오는 당신
내 육신의 한 부분 같은 당신만을 사랑하리

나 그대 사랑하리
삶의 모든 고난 겪어가며 이끌어온
당신을 이 세상 다 하는 그 날까지
나 그대만을 사랑하리라

나는 갈래

나는 싫어 나는 싫어
아파트 밀집 지역 인구 많고
정신없이 복잡한 도시생활
금전에 매수되어 살아가는
불안한 삶이 나는 싫어

나는 갈래 나는 갈래
새들이 노래하는 두메산골
맑은 바람 불어오고
반딧불 반짝이며 별들과
마주 보는 자연이 나는 좋아

계곡 물 흐르는 언덕에
초가삼간 지어 놓고
밤이면 소쩍새 울고
풀벌레 소리 들으며
모닥불 피워 놓고
정든 임과 오순도순
자연에 묻혀 살리라

대전

바람의 문인들
대전으로 유혹을 하니
철마에 몸을 담고
창밖을 보니 파릇파릇 돋아나는
초록빛 들판이 대전으로
오라고 손짓하네

하늘은 푸르고
봄 향기 풍겨오는
들판을 달려가니
굳었던 얼굴 웃음꽃이 만발하고
철마도 신나서 잘도 달린다

대전의 봄바람이
시인 묵객 불러 모아
잔칫상 벌어지니
시향에 취하여
세월 가는 줄 모르고
꾀꼬리 같은 목소리로
시향이 짙어 가는데
아쉽게도 적막강산이 찾아드네

낙산사

춘삼월 동잠을 깨우는 계절
관광버스 출발하니
하늘에서 눈발이 휘날리기 시작
꽃샘하는 동장군 다시 와 심술부린다

미시령 지나 대포항 이르러
점심식사를 마치고
낙산사 당도하니 화마가 지나간 곳
참으로 어이없고 비통할 일이다
수백 년 역사가 꿈같이 사라졌네

넘실대던 푸른 물결도 고요하고
바다 위에 갈매기도 아니 나르네

낙산사 올라서니
돌부처도 넋을 잃고 쓸쓸히
망망대해 푸른 물결 바라보고
한숨 지며 눈물 흘리네

청솔밭 솔 향기

청잣빛 맑은 하늘의
이글거리는 태양이
불볕같이 내려 쬐는 하절
솔 향기 풍기는 솔숲에 드니
솔 향기 풀냄새가
세월에 찌든 마음속 씻어준다

노송 그늘에 불어오는 바람은
이마의 흐르는 땀 씻어주고
들려오는 매미 소리는 쉬지 않고
흐르는 세월을 원망하는 듯
구슬프게 들려오네

초목에 푸른 열매 알알이
익는 소리 가을을 재촉하고
계곡 물 소리는 바삐 가는 나그네
아직 늦지 않으니 발길 머물러
계곡 물에 발 담그고 쉬엄쉬엄 가라 하고
석양은 산마루 걸터앉아 천천히 오라 하네

계절 같이 살아보세

우리 사는 세상도
봄 여름 가을 겨울
사계절 같이 채웠다 넘치면
버릴 줄 알아야 한다

인간은 넘쳐도 더 채우려 하다
넘치다 못해 깨어지고 만다

초목도 꽃피고
잎 피어 열매 맺고 무성하다
가을이면 잎도 열매도
다 버리듯 우리 마음도 비워
새로운 마음을 담아 봅시다
마음에 욕심이 채워지면
세상이 다 검게 보이고
욕심을 버리면 세상이 밝게 보입니다

우리 모두 과다한 욕심과 이기심
다 버리고 이해와 양보하는 마음으로
계절 같이 살아갑시다

두견새

높은 산 푸른 초목 너울대는
물 맑고 아름다운 두메산골
초가삼간 오두막 집 밤이 되면
앞마당 멍석 깔고 모기 불 피워놓고
식구들과 저녁상 둘러앉으면
달님과 별님도 찾아와 같이 앉던
아름다운 두메산골 나 살던 곳

푸른 초목 오색으로 물들어
단풍잎 떨어져 산천에 날면
두견새 우는 울음소리 애처로운 듯
계곡 물 졸졸 소리 내어 흐르고
달님도 외로워 눈물 흘린다

유구한 산천의 백설이 날면
산새들 모여 지저귀는 아름다운
두메산골 지천에 날리는 단풍잎
백설이 잠재워 춘삼월 꽃이 피면
벌 나비 날아와 춤추는
봄소식을 기다리는 인정이
넘쳐흐르는 아름다운 두메산골

가는 여름 오는 가을

초복 중복 지나가고
막바지 말복은 가기 싫어 있는 힘
다하여 열광을 하며 물을 모아다
쏟아 부어 곳곳에 홍수를 이루고
처서는 그만 가자고 재촉을 하네

정자나무 그늘에 세월 가는 것이 서러워
슬피 우는 매미도 목이 쉬도록 울어대니
듣고 있던 울 밑에 귀뚜라미 슬피 우니
달빛 바라보던 봉선화 집 주인마님
손톱을 빨갛게 물들이며 가을을 부른다

농촌 들녘 곡식들 알알이 익어 고개 숙이고
초가지붕 보름달같이 하얀 박들 주렁주렁
익어가고 키다리 코스모스 가을바람에
너울너울 춤을 추니 골목마다
아이들 뛰어놀고 가을은 깊어만 간다

산골

산골짝 굽이쳐 흐르는
계곡 물 따라 오르니
물소리 새소리가 속세의
찌든 마음 말끔히 씻어 내린다

고생길 따라 인생길
걸어보니 물 건너
고개 넘어서니 밝던 햇빛도
앞산 마루 올라서
넘으려 하고 같이 오던
청춘도 아니 보이네

우리네 가는 여정
너나없이 같은 것을
왜 그리 시기하고
질투하며 가야 하는가
조금씩 양보하고 이해하면
되련만 아귀다툼하다 보니
넘어가는 석양일세

여보시오, 청춘님 내
어영부영하지 말고
우리네 짧은 인생
부지런히 일하여
이 세상 가는 여정
후회 없이 쉬어가세

달빛 어린 추억

갈산공원 달빛
숲 사이로 내려앉으니
새삼 그리운 밤 옛날 강나루
사공도 어딜 가고 길손들의
발자취가 끊어진지 오래이네

적막한 공원 소쩍새 울고
푸른 강물 달빛 싣고
소리 없이 흘러가니
추억의 강나루 간곳없고
사공의 뱃노래 아니 들리며

사공도 어딜 가고
나만 외로이 아득히 지나간
세월 추억의 꿈이런가 하노라

제 3부

노을 진 석양 강물의 빛이며
서산을 넘으려 하니
새들도 보금자리 찾아가는데
강나루 건너가신 임은 안 오시고
달빛에 그림자 아롱거리며
소쩍새 우는 소리 동창이 밝아오네

꽃피운 봄바람

동절의 산천에
흰 이불 깔아놓고
봄을 잉태하기 위하여
그리도 냉정하게
강풍을 몰아 왔나 보다

봄을 해산한
잔설 그늘에 누워
하늘을 바라보니 해님은
앙상한 나뭇가지 꽃 피우고
잎 피우니 잔설은 눈물 흘려
땅속 잠자는 식물 잠 깨운다

봄바람에 아지랑이 춤추고
만산의 진달래꽃 울긋불긋
산새들 노랫소리 길 잃고
누워있던 가랑잎 봄바람의
안절부절못하고 몸부림친다

강변의 봄

경첩이 지나가며 잠자던 초목
얼은 땅 비집고 새싹이 솟아나도
봄바람은 옷 속을 파고드네

버들강아지 몽실몽실 피어나고
봄바람에 강물 출렁거리며
철새들 한가로이 노닐고
강물 위의 석양빛 반짝거리니
지나가던 바람도 쉬어갈 듯 머무르네

갈산

갈산공원 봄바람
초목에 꽃잎 피우고
벌 나비 날아와 봄소식 알리니
한강에 논다 놀아 맑은 물속에
고기가 논다

물 위에 고깃배 뜨고
강가에 능수버들 늘어진 가지
꾀꼬리 날아와 노래하고
하늘에 종달새 지저귀며
뻐꾹새 우는 소리 산천에 울리니
지나가던 바람도 쉬어 갈까 하노라

산유화

산이 좋아 산에 드니
산천초목 산유화가
반가이 맞이하며
새들 노래하고 바람도
반가운 듯 춤을 춘다

바람에 실려 오는 꽃향기
가슴에 안기며 가지 말라
애원하고 계곡 연변 놀러 나온
다람쥐 재롱부리며 아양 떨고
계곡 물도 소리치며 발목을 잡네

무릉도원 자연의 소리
괴나리봇짐 내려놓고
자연을 화폭에 담으니
땅거미가 찾아드네

깊은 계곡

구름 속에 싸인
깊은 산 계곡 물은
다정히 오순도순
이야기꽃 피우며
바위틈 사이로
잘도 흐른다

구름에 싸여 흐르는
계곡 물 애처로워
가을바람 달려와
구름 걷어내니
햇빛도 웃어 주고
초목은 너울너울
숲 속 종달새 노래하니

푸르던 초목들
오색으로 물들고
코스모스 하늘하늘
가을볕에 붉은
고추잠자리 꽃 따라
너울너울 춤을 추고
가을은 깊어만 간다

강둑의 봄

만물이 소생하는 봄
양지쪽 푸른 강 연변
민들레 꽃 핀 언덕에
목동의 버들피리 소리
봄소식 전하러 온 바람
피리 소리 잠이 들고

노을 진 석양 강물의 빛이며
서산을 넘으려 하니
새들도 보금자리 찾아가는데
강나루 건너가신 임은 안 오시고
달빛에 그림자 아롱거리며
소쩍새 우는 소리 동창이 밝아오네

나그네

푸른 하늘 맑은 바람
초목의 봄 향기 풍기는
무릉도원 물소리 새 소리가
만물의 동잠을 깨워 주네

계곡 물 흐르는 언덕 바위틈에
곱게 핀 금낭화 초록 잎에 푸른 줄기
보석을 꿰어 매단 듯 피어
한 폭의 그림을 보는 듯 아름다워라

노송나무 그늘 불어오는 바람
금낭화 꽃 하늘하늘 계곡 물소리
산울림의 메아리가 나그네 발길
머물러 쉬어가라 하니

괴나리봇짐 내려놓고
지필 묵 갈아 일필휘지하니
어느덧 해는 서산에 기울어
나그네 갈 길이 저물어 가네

목련

칼바람 몰아치는 엄동설한
가냘픈 몸으로 잉태하여
봄볕에 백옥같이 고운 꽃 몽우리
탄생시켜 애지중지 사랑했는데

봄바람 타고 찾아온 달님에게
반하여 백옥같은 꽃 몽우리
속살 드러내 달님에게 마음을 주니
나뭇가진 괘씸하여 돌아보지 아니하네

먼동이 터 태양을 비추니
꽃잎은 시들어 길섶에 낙하 되어
오고 가는 행인의 발길에 짓밟히니
가냘픈 나뭇가진 바라보며 한숨만 지네

마곡사

태화산 품에 안겨
흐르는 물소리는
많은 유해 곡절을
토해내는 통곡 소리
두견새도 슬피 우네

달빛에 아른거리는 노송 아래
많은 역경을 안고 노후 된
마곡사의 사연을 그 누가 알리요

독립군 백범 김구 선생
일본의 특무장교 처단하고
은신하시던 백련암
노송만이 묵묵히
묵언으로 침묵하네

맑은 향기

동편에 용문산 백운봉 품에 안긴
양지바른 양평 남한 강물이
갈산공원 안고 돌아 흘러가는
맑은 물 위에 그림자 아롱대며
거울같이 맑은 물에 철새들 모여드니
한 폭의 그림을 보는 듯 아름다워라

경기도와 서울 시민의 젖줄 한강 물
양평 가평 군민 맑은 물 지키느라
유기농 생태보호 물 맑고 공기 좋은
양평 가평 청정지라네

우리 모두 합심하여 물 맑고 경치 좋은
천혜 자원 양평 가평 세계의 관광 명소
만들어 경제발전 이룩하고 자손만대의
살기 좋은 경기 북부로 이루어 보세

두메산골

저 푸른 하늘 아래
산 높고 물 맑은
양지바른 천연의 땅
조그만 마을 하늘만
바라보는 깊은 산골

졸졸 흐르는 계곡 물에
아낙네들 모여 빨래하며
정겨운 이야기꽃 피우고
앞산에 새들 노래하는
아름다운 두메산골

봄이 오면 검은 땅 위에
새싹 파릇파릇 돋아나고
계곡 물속 개구리 동잠 깨어
개골개골 봄소식 알리니

목동의 정겨운 피리 소리
산골 마을 봄소식
멀리멀리 메아리치네

녹색의 오월

초목이 하품하니
아침 해님 눈 비비고 일어나
사랑의 빛 내려 주네

산천은 녹색으로 장식하니
날개 벌린 바람아
아카시아 꽃향기 모아다
사랑하는 임에게 전하여다오

오늘도 사랑 노래 부르니
푸른 숲 그늘에 아련히 떠오르는
그대 모습 저 푸른 하늘에 그려 본다

아카시아 꽃향기 속에
추억의 사연과 같이
내 마음도 임에게 전하여주렴

노력과 꽃

문인들 뿌린 씨앗
회장님이 물을 주어
싹이 터 뻗은 가지
울긋불긋 피는 꽃은
오천만의 행운이요

아무리 바쁘다 한들
가지마다 피는 꽃을
아니 볼 수 있으랴

문구에 주옥같은
글귀가 갈피갈피 실려
알알이 익어 정성 어린
향기가 널리 널리 퍼지네

머리에서 솟은 글이
손끝을 전하여 백지에
그린 글씨가 만인에게
전하여지니 이 글은
천추만대에 보배로다

딸 생각

황금빛 물결 넘실거리고
오곡백과 결실의 계절
저 산 고개 넘어 양지바른
넓은 벌판에

사랑하는 무남독녀 외동딸
연지 찍고 가마 태워
시집보내고

꽃피고 새우는 봄이 되면
딸 생각에
앞산 고개길만 바라보고
서산마루에 해지는 줄 모르네

너와집

옛날 두메산골에
나무 베어다 기둥 세우고
수숫대로 엮어서 진흙으로 발라
벽을 만들고 통나무를 쪼개서 널빤지
만들어 지붕을 계화 모양 이어서
살던 산골 마을 화전민들의 애환이 담긴 너와집
선조들의 지혜로 만들어 화전민들이 생활하던
너와집이 오늘날의 문명사회의 인기로 떠오릅니다

현시대 국민들 문명사회에 살다가 보니 정신적
질환과 아토피 공해의 문제가 되어 청정지역
공기 좋은 산천 숲이 우거진 곳에 진흙으로
지은 너와집에 나무 때고 사는 두메산골에
살면 공해에 찌든 병들을 고친다 하여
너와집이나 초가집을 제일 좋아합니다
인간에게는 육신이 고되게 자연과 같이 더불어
생활하며 살면 건강에 제일이라 합니다

무릉계곡

두타산 깊은 계곡
초목이 우거진 산천
천연의 백색 비단을 펴 놓은 듯
암반이 깔린 하천 연변(沿邊)
푸른 숲 속 노송은 고요한데
숲 속의 맑은 솔 향기 풍겨오네

비단 같은 암반 위에 좌정하니
푸른 숲 속 매미 소리 가는 세월 아쉬운 듯
시간에 실려 인생은 흘러가도
매미 소리 물소리는 옛날과 다름없네

동해시 무릉계곡
두타산에 뻗은 정기 삼화사 품에 안고
동해에 넓은 바다 갈매기 나르며
가는 세월 아쉬운 듯 피서객들
명년하절 다시 오라 소리 내어
잘 가라고 인사하네

옛정

옛정을 못 잊어 고향 땅 찾아가니
동구 밖 오솔길 아카시아 꽃 만발하고
산천초목 풀 향기 옛날과 다름이 없건만
유구한 산천은 인간에게 파괴되어
옛 모습 간곳없네

무릉도원 한 포기 철쭉꽃
곱게 피어 벌 나비 춤을 추니
심술궂은 바람 달려와
꽃잎 멀리멀리 날려 보낸다

비호고개 넘어서니 삿갓봉
구름 걷히고 맑은 햇빛 비추니
아지랑이 가물대는 벌판에
종달새 우는소리 옛날과 다름이 없건만
옛 친구 간곳없고 타인만 모여 사네

옛 고향

봄이 오면 복숭아꽃 피는
양지바르고 아늑하며 인심 좋은 마을
동네 한복판 계곡 물 흐르고
냇가에 어머님들 모여 빨래하며
오순도순 정겨운 이야기꽃 피우던
아름다운 내 고향

냇가에 미루나무 까치 우는 소리
냇물에 고기떼 노닐고
친구들과 고기 잡아 버들가지
꿰어 들고 놀던 옛날 나 살던 고향

아랫마을 넓은 마당 친구들과 모여
자치기 술래잡기하며 해지는 줄 모르고
뛰어놀면 이집저집 어른들 밥 먹으라
부르는 소리 들리는 그리운 내 고향

세월의 아침

아침에 창을 여니
녹색 바람이 내 품에 안기며
태양같이 웃으며 살라 하고

뜰 앞에 푸른 초목은
흐르는 세월을 생각 말고
청춘의 마음으로 살라 하네

골목길 들어서니 삼복의
더운 바람은 뜨겁고 정열적인
마음으로 희망을 갖고 살라더니

산천도 나를 보고
흐르는 물과 바람 같이
미련없이 살다 가라 하네

세상살이

이 세상 살아가는 것은
인생살이 창조의 목표
고생의 시작이다

이승 사는 동안 목표를 달성하려면
의지와 인내를 가져야 목표를 달성한다
만약 중간에 실패했다고 좌절하면
목표를 달성할 수가 없다

경인년 새해의 호랑이같이 용기를 내어
우리 다 같이 삶의 목표를 달성하여
살기 좋은 세상 이루어갑시다

수줍은 철쭉꽃

간밤에 내린 비
잠자던 초목 깨워
검은 땅에 초록 융단 깔아놓고
태양이 즐거워 웃는 소리에
철쭉꽃 수줍어 빨개진 얼굴

녹색 옷에 연분홍 구슬
목에 걸고 신록의
오월 마중 나온 금낭화
빨간 철쭉꽃 바라보며
무서워 오들오들 떨고

계곡 물 흐르는 소리에
봄바람이 흥에 겨워 콧노래
부르며 날아오던 벌 나비 꽃잎에
유혹되어 세월 가는 줄 모르고
춘풍과 손잡고 너울너울 춤을 추니
종달새도 흥에 겨워 노래 부르네

제 4부

이 세상 무엇과도 바꿀 수 없는
내 사랑하는 당신이 있기에
아침에 떠오르는 태양과 같이
밝은 웃음으로 살아갑니다

낙엽

노을 진 강둑에 푸르던 나뭇잎
바람에 떨어져 강물 타고 어데로 가니
여름내 나의 모든 정성 다 바치어
곱게 길어놓으니 너대로 떠나가면
찬바람 몰아치는 엄동설한에
나 외로워서 어이하란 말이야

엄동설한 꽁꽁 어는 동장군 세상
거센 바람 몰아오니
슬픔에 잠겨 울적한 마음을
푸른 강물 위에 철새 날아와
외로움을 달래주네

명년 춘 삼월 돌아오면 잎 피고 꽃 피어
벌 나비 다시 오는 그 날에 너는 다시
세상에 등불이 되련만 너를 버리고
떠나간 낙엽 다시 오기 어려워라

가을바람

무더운 여름날
모진 비바람 맞으며
꽃피우고 잎 피워
열매 맺어 놓으니
불어오네, 불어오네
가을바람 불어오네

푸르던 초목
오색으로 물들고
가을바람에 황금 물결
너울너울 춤을 추고
울 밑에 귀뚜라미
구성진 노랫소리

마음이 울적하여
창문 열고 밖을 보니
가을바람은 단풍잎
창가에 깔아놓고
울적한 마음 달래어 주네

임 그려

산 넘어 불어오는 바람
낙엽 지천에 깔아놓고
임과 거닐던
옛 추억 회상하라고
단풍잎 깔아주네

가을이 가고
겨울이 와 눈 내리고
달이 뜨면 하얀 눈 위에
발자국 소리 내며 오시려나?

임은 아니 오시고
가을바람에 소식 전하듯
낙엽만 날아오네

독수공방 홀로 누워
깊은 잠 못 이루고
밤이면 임 그리워
뜬눈으로 지새우는
이내 심정 임도 아시려나?

나라 사랑

오천 년 이어온 우리의 겨레
대대손손 지켜온 우리의 영토
길이길이 보전하세

반만년 이어받은 우리의 영토
수많은 외침에 시달려가며
나라 위해 목숨 바친 선인들의
힘으로 다시 찾은 나라인데

임시정부 수립하며
또 갈라진 대한민국 한 형제 한 핏줄
하루빨리 통일하여
손의 손 잡고 살기 좋은
지상낙원 만들어 후손에게 물려주자

고추잠자리

서늘한 바람 불어오는
초가을 한나절
바람에 출렁거리는 물 위에
떠나가는 파란 나뭇잎
잠자리는 애처로워 따라가며
가지 말라고 애원을 하네

물 위에 떠가는 나뭇잎도
통곡하며 떠내려가니
잠자리는 떠내려가는 나뭇잎
구하려다 햇빛에 데어 빨간
고추잠자리

감나무

맑은 하늘 뭉게구름
두둥실 떠 창공을 나르고
결실을 재촉하는 가을바람
솔솔 부니 누런 벼 이삭
고개 숙이네

시골 마을 초가집 뒤꼍에
감나무 감 익어가는 소리가
바람에 울려 퍼지니
단풍잎은 놀라서 떨어지네!

앙상한 감나무 청설모
붉게 익은 감 따다
겨울 양식 준비하려고 하니
땅에 떨어진 감 나뭇잎
청설모 쳐다보며
애처로워 눈물 흘리네

가을

천고마비
하늘은 높고 푸르던 들판
황금빛으로 물들어가니
매미 우는 소리가 구성지게
들려오네

오솔길 옆 코스모스
가을바람에 흔들리며
빨간 고추잠자리 앉을까 말까

비탈밭 하얀 메밀꽃 만발하여
바람에 하늘거리며 산 그림자
찾아드니 넘어가는 석양빛은
유난히도 따사롭게 비치며
가을빛 지평선이 오색으로 반짝이네

임 떠난 바다

석양이 붉게
노을 진 푸른 바다
저편 갈매기도 짝을 지어
보금자리 찾아가는데

파도치는
물결 위를 하염없이 바라보며
가신 임을 애타게 기다려도
임은 아니 오시고
석양은 재를 넘네

가신 임 언제 오시려나
기약도 없이 떠나간
임 오시기만 애타게 기다리는
저 여인의 애절한 마음을
저 바다는 알리라

생물이란

이 지상의
존재하는 모든 생물의
삶이란 것은 생존 경쟁이다

오늘이 있기에
내일이 있고
오늘이 없으면 내일도 없다

이 모든 것은 생물이 존재하니까
필요한 것이지 생물이 없으면
존재의 가치도 없다

그러니 우리가 살아가는 동안
소중하게 여기고 아껴쓰며
고통과 행복으로 모든 경험
다해가며 사는 것이 생애에
생의 근본이다

산사의 단풍

청명한 가을 산사 입구 들어서니
가을볕에 붉게 타는 단풍잎
나뭇가지 위 활활 타오르고
길 위에 노란 은행잎 깔아 놓고
코스모스 바람에 하늘대며
많은 길손 반가이 맞이하네

계곡 물 흐르는 소리 산새들 노래하고
붉은 단풍나무에 걸터앉은 바람
계곡 물 흐르는 소리 관객들의
환호소리 세월 가는 줄 모르고
단풍잎 떨어지니 가을은 깊어만 간다

어제 푸르던 잎 오색으로 물들고
푸른 열매 알알이 익어 갈 곳을
찾아가라고 놓아주듯 우리 인간도
때가 되면 과한 탐욕과 이기심
버리고 서로 믿고 사랑하며 후세의
불신 없는 교훈 남겨 주세

삼팔선

남과 북 한나라를 허릴 잘라
한민족 한 식구를 갈라놓고
반평생 그리워하던 부모 형제
백발 되어 상봉하네

만나서 반가우나
눈물도 메말라 아니 흐르고
짧은 시간 상봉하니 반갑고
애달프나 몸이 늙어 기쁨이
변하여 서러움만 가득하네

아— 수십 년 그리워하던
부모 형제 잠깐 만나 손 한 번
잡아보고 언제 또 만나는
기약도 없이 헤어지니
상봉 아니 한만 못 하네

만나지 않았으면
청춘에 못 이룬 사랑의 정
꿈에서나 그리워하다
차라리 저승 가 만나 그립던
정 나누는 것이 나을걸
가슴에 애석함만 안겨주네

사랑의 기쁨

세상이 이처럼
아름답게 보이는 것은
내가 살아 움직이며
내 곁에 사랑하는 당신이
있기 때문입니다

밤낮없이 돌아가는 세상의
용기를 잃지 않고 살아가는 것도
내 곁에 사랑으로 감싸주는
당신이 있기에 용기와 희망으로
살아갑니다

이 세상 무엇과도 바꿀 수 없는
내 사랑하는 당신이 있기에
아침에 떠오르는 태양과 같이
밝은 웃음으로 살아갑니다

비 오는 날

어두운 하늘
하염없이 쏟아지는
빗줄기의 잊었던 먼 옛날
추억에 임을 회상하네

비 오는 날 연못가를
거닐던 그곳도 지금
추억의 비가 오고 있겠지

비를 맞으며 속삭이던
임이 부르는 듯하여
창밖을 내다보니
임은 아니 오고
비바람 속에
추억만이 새롭다

벌초(伐草)

삼복에 장마 지나가니
어머님 무덤 잡초 무성하여
낫 들고 산소에 올라
풀 베고 나니
가을 햇살도 유난히 따사롭다

향 피우고 잔 올리니
생존에 그리 사랑하시던
이 불효자식 왔느냐고
말씀도 아니 하시니
생전에 효도 한 번 못한
불효 늦은 후회 깊어만 가네

어머님 살아생전
어린 자식들 부양하시느라
손발이 다 닳도록 고생하셨으니
이승에서 못 이룬 어머님의 소원
저승에서나마 이루시옵소서
불효자는 빌고 또 비옵나이다

빛 이른 태양

태양은
세상을 밝게 비추려 하는데
세상엔 안개만 감도는구나

바람아 맑은 바람아
소리 없이 불어와 저 안개
멀리멀리 보내다오
세찬 바람은 몰아와
첩첩산중 이슬비만 내리고
안개만 싸이 노나

안갯속에 가는 길손
길을 잃어 헤매다
지치어 쓰러지니

넘어가는 석양도
안타까운 듯 힘없이
서산을 넘고
소쩍새만 슬피 우네

세월에 묻어가는 인생

인생이 태어나 흙을 밟고 세상을 보니
철 따라 아름다운 초목 꽃피고 푸른 잎
계절 따라 초목에 물들이는 아름다운 곳
겨울이면 산천의 백설로 장식하는 자연의
나라 천의 자원 사계절 완연한 낙원이라

산수 좋은 농지의 많은 수확 거두어
오곡백과도 풍부하여 의식주 해결되고
수명도 백수 이상 살아 살기 좋은 세상
인심은 덧없이 각박해 경계하는 세상

세월 따라 오며 바라보니
인정이 메말라 너 죽고 나 살자는
의리 없는 냉정한 세상 의식주 해결되고
민주화되면 낙원이 될 줄 알았는데
선후가 없고 검은돈에 눈이 어두워 날뛰며
부모 자식 간에도 경계하며 사는 무서운 세상

옛날에는 초근목피로 연명할망정
의리와 인정이 넘치는 아름다운 세상
사람을 보면 반가워하고 친척이 왔다
간다고 하면 더 있다 가라고 하던 것이
부모 자식 간에도 경계하는 도처 같은
세상 하루하루 사는 것이 가시방석 같다

삼일절

청명한 하늘에
울려 퍼지는 만세 소리는
나라 위해 몸바친 선인들의
함성 소리 들리는 듯
귓전을 울린다

나라 위해 몸을 던져 목숨을 바친
영혼 들리어 편히 잠드소서
대한민국은 가신님들이
심어놓은 씨앗 이제야
새싹 돋아 꽃이 피었습니다

우리들의 남은 과제는
남북통일의 염원
그날이 오면 북한의 굶주리는
백성들 배불리 먹는 그 날까지
우리들의 과제입니다

나라 위해 몸바친 영혼님들
통일을 꼭 이루어 가신님들의
일이 헛되지 않게 받들어
주시기 바랍니다

삶의 여정

서산의 붉은 노을 깔아 놓고
넘으려 하는 석양을 바라보며
음미하려는 찻잔에 피어오르는
향기가 미래의 꿈을 설계하는
삶의 여정이 피어오른다

개미 쳇바퀴 돌 듯
내일을 향해 돌고 도는 게
우리 여정에 행로(行路)이다
오늘의 일상에서 지친 몸 이끌고
보금자리 찾아드니 기다리던
가족들이 반겨주니 쌓였던 피로가
씻은 듯이 사라지네

날이 또 밝아오니 다시
반복되는 인생 행로(行路)
가족이란 동행의 테두리의 삶
이것이 삼라만상(森羅萬象)의
우리가 가야만이 되는 여정의
향로(向路)이다

석양

봄바람
꽃향기에
마음 설레니
몸은 칠팔십이요
마음은 청춘일세

시대 잘못 만나
초근목피로 연명하며
자손 길어 문명세대
이루어 놓으니 검던 머리
파 뿌리 되었네

산천에 핀 꽃도 낙화 되고
십년세도 없다더니
황혼 되어 되돌아보니
지나온 발자취 너무도 허무하네

여보시오 번민네들 지난 세월
생각 말고 남은 세월 건강할 때
산천경개 구경하며 즐겁게
살다 미련없이 가자구려

가화만사성

우리가 살아가면서 너 나 없이
행복을 바라보며 살아가고 있다
그러나 행복하게 사는 것을 원하지만
행복을 누리고 사는 사람은 별로 없다

행복하게 사는 것을 원하지만
행복을 찾지 못한다
행복은 돈만 가지면 되는 것도 아니고
행복은 멀리 있는 것도 아니며
바로 내 앞에 있는 것을 모른다

행복하려면 세 가지 조건이 맞아야 한다
가족의 마음과 뜻이 같아야 하며
적은 것에 만족할 줄 알아야되고
서로의 부족함을 채워가며
뜻을 같이하여 만족함을 알면
그것이 가화만사성이요 행복이로다

불모지 꽃이 핀다

동방의 백의민족
이제야 암흑 속에 서광이
만방에 비추어 잠에서
깨어나니 세계가 우러러보며
찬양(讚揚)을 하네

수백 년 전 불모지 땅에 뿌린
씨앗 이제야 싹이 터 꽃을 피워
꽃향기 퍼져가니 세계에 벌 나비
모여들어 꽃송이 송이 열매 맺어
그 열매 세계로 뻗어 간다

황무지 땅 잡초만 무성하더니
옥토로 변하여 결실의 꿈 이루어
세계가 정진(精進)함을 우러러보고
손길 뻗어 가니 지상 세계에
길이길이 찬연(燦然)하리라

찬양(讚揚) : 아름답고 훌륭함을 크게 기리고 드러냄
정진(精進) : 몸을 깨끗이 하고 마음을 가다듬음
찬연(燦然)하다 : 어떤 일이나 사물이 영광스럽고 훌륭하다

제 5부

여보시오, 번민네들
이내 말 좀 들어보소 세상살이
별거 없소 자연에 묻어가는 동안
인간관계 좋은 인연 맺어 떠나간 뒤
아름다운 꽃 피게 하소서

원조의 뿌리

하늘이 무너지고
땅이 통곡할 일이다
어찌 뿌리를 저버리고
가지의 열매만 소중히 여길까

뿌리가 튼튼해야
열매가 실하게 열리지
뿌리 없는 나뭇가지에
열매가 열릴쏘냐

목표 없이 하는 일이 성공할 수 없고
죽건도 없고 자기 하고 싶은 대로 하며
노력 없이 이익을 바라는 사회
신용 불량자 숨겨주는 엉터리 행정
예의 없고 질서없이 멋대로 사는 사회

가짜 상품이 명품으로 둔갑하고
수입품을 국산으로 속여 천금 바라는 사회
이런 짓들 그만하고 양심을 바로 세워
투명한 사회 만들어 금전에 노예가 되지 말고
금전을 올바로 사용하는 국민이 되어
불신사회 바로잡아 서로 믿는 사회 만들러 가세

야속한 세월

말없이 흐르는
강물 바라보며 세월 속에
묻어가는 내 인생
한없이 바라보니
야속하고 냉정한 세상

저 강물과 흘러가는 세월의
허리춤 잡고 천천히 가자고
애원해도 말없이 시간은
내 등을 밀며 세월도
쉬지 않고 달려만 간다

허겁지겁 달려온 지난 세월
뒤돌아보니 부질없이 달려온
청춘 세월 꿈같이 지나가고
빛바랜 태양 바라보며 따라가니
산 능선 걸터앉은 석양은
천천히 오라고 손을 흔든다

오일장

동절에 새 아침 밝아오니
간밤에 내린 눈 지천을 덮어
아침 햇빛에 반짝이는 은반 같네

오늘은 오일장
곡식 자루 새끼줄 멜 방에
걸어 메고 골목길 들어서니
만인이 모여 왁자지껄

시장 한구석 목로주점 들어서니
재 넘어 김 주사 강 건너 이 주사
오랜만에 만나 탁배기 한잔 하다 보니
해는 서산에 기울어가고
어느덧 파장일세

떡장수 떡 사시오 엿장수 가위소리
장안이 떠들, 석양은 재를 넘으려 하고
몸에 취기는 감도는데
고등어 한 손 새끼줄에 메어 들고
골목길 나서니 땅거미 찾아들고
취기는 감동하니 넓은 길이
좁은 듯 오다 보니 어느덧
나의 집 사립문 앞일세

연인 생각

그 곱던 단풍잎
다 떨어져 지천에 나르니
무엇을 잃은 듯 마음도 허전하네

오솔길의 낙엽 밟으며 걷는
발자국 소리 옛 연인과 같이
걸은 그 길이기에 잊어버린
옛 추억도 새삼 느껴지누나

그대는 먼 옛날 내 곁을 떠나갔지만
그대는 지금도 내 품 안에 있는 듯
동절에 춥고 내 생각나거든
이내 품에 안긴 듯이 따뜻하게
추운 겨울 지내시구려

여수 박람회

우리나라 육지의 끝자락
이순신 장군이 적병의 침략을
물리치고 나라의 공을 세운
곳이 오늘의 세계 박람회
하늘도 기쁜 듯 눈물 흘린다

반만년 이어오는 우리의 겨레
침략에 시달리고 한나라 한 형제
남북으로 갈라 총부리 겨눠 가며
세계의 경제국으로 산업화 이룸이
나라 위해 몸바친 선인들의 덕이로다

눈을 감고 가신님들을 회상하니
너무도 애절한 마음 금할 길 없어
가신님들 의계 마음으로 기도하니
편히 잠드시고 앞으로 통일이 되어
세계의 경제 대국으로 광명 그 날을
이루게 보살펴 주십시오

역경의 삶

우리 가는 길은 역경의 길이다
이 길은 누구나 다 가야만 하는 길
이 길을 가노라면 사랑과 행복
불행도 있는 삶의 행로이다

과한 욕심은 불행이요
작은 것을 소중히 여기고
인내와 성실한 마음을 가지면
사랑과 행복이 오느니라.

세상 올 적에 빈손으로 왔다가
빈손으로 가는 인생 여정이다
잠깐 쉬어가는 길 욕심부려 무엇하랴
이 세상 하직할 때 다 두고
빈손으로 가는 공수래공수거라

우리네 여정은 잠깐 쉬어
가는 초로인생이라
서로 마음 비우고 살면 되는 것을
아귀다툼하다 보니 검은 머리 백발 되고
곱던 얼굴 깊은 골만 파이고
허리는 굽어 지팡막대 의지하니
서산 지는 석양같이 저승길만 바라보는
덧없는 인생 향로라

아리랑 고개

삼사월 기나긴 날 험난하던
보릿고개 풋보리 베어다
막대기로 털어 가마솥에 볶아서
디딜방아에 찌어 보릿겨의 강낭콩
석은 보리 개떡 꿀맛같던 배고팠던
시절 아침에 보리밥 저녁에는 나물죽도
배불리 먹지 못하던 험난했던 아리랑 고개

육이오 전쟁에 마을마다 폭격으로
폐허가 되어 의식주가 힘겨웠던
보릿고개 눈물겨운 격돌(激突)의 시절
아지랑이 아롱대며 종달새 우는 봄이
되면 굶주림에 지쳐 냉수로 배 채우고
발걸음 옮기면 뱃속에서 물소리 나고
허리띠 졸라매 가며 넘던 아리랑 고개

아침에 보리밥 싸서 지게 뿔에
매달고 땔나무 하러 산 고개
오르면 산바람도 애처로워 울고
초근목피로 연명하던 아리랑 고개
젊은이들이여 이 고개를 아시는가?

천사들의 눈물

삶이 힘겨워 지친 천사
오늘도 어둠이 지나
천지가 밝아오는데
이내 몸 언제 밝은 지천
부는 바람 맞이하려나

방 안에 누어 창밖을 보니
햇빛과 바람 창가로 와 앉아
맑은 웃음으로 잘 있었느냐
인사하며 누워있는 내 얼굴에
사랑의 빛 전해주며 또 작별을 고하니
나는 누워 마음으로 내일 또 만나자
눈빛으로 인사를 하네

간밤 백설로 산천을 밝게 하듯
이내 몸도 저밖에 하얀 백설같이
언제 일어서서 걸어나가 보려나
오늘도 방 안에 누워 마음으로
하얀 눈 위를 걸어갑니다

추억

무더운 삼복의 흐린 날씨
금방이라도 퍼부을 것 같은
검은 먹구름 밀려온다

비구름 머금고 불어오는 바람에
흔들리는 꽃잎에 붉은 잠자리
너울대며 춤을 춘다!

바람 소리 들으며 창가에 앉아
찻잔에 피어오르는 향기의
옛 추억 더듬어보니 빗속을
거닐며 노닐던 그 시절
새삼 떠오른다!

철새

가을 하늘 흰 구름 뭉게구름 두둥실
푸르던 초목도 오색으로 물들이니
가을바람 단풍잎 날리며 가을 소식 전하네

꽃 피고 잎 필적에 떠나간 철새들
가을 소식 듣고 찾아오니
해님도 반가워 웃음 짓고 소식 전하는
가을바람 반가운 듯 고개 숙이네

나뭇잎 강물에 떨어져 흘러가고
앙상한 능수버들 바람에 흔들리며
슬퍼할 적에 떠나간 철새들 돌아오니
갈대꽃도 반가운 듯 바람에 휘날리며
갈댓잎 소리 내며 반가워 손짓을 하네

청풍야월

충주댐 굽이굽이 돌아
수중에 잠긴 비봉산 올라서니
청산에 맑은 바람 거칠 것이 없어라

청풍 야월 밝은 밤에
청솔 사이로 부는 바람 맑기도 하니
동자야 저 푸른 호수에 원앙선 띄워라
야월삼경 뱃놀이가자

첩첩산중 푸른 호수
곳곳마다 벚꽃 만발하니
동자야 춘 화주 걸러라
달 밝고 오색 호걸 다 모였으니
저 달 지기 전에 만경청파
푸른 물에 원앙선 타고
마음껏 놀아보세

가을 노래

하늘이 저렇게 푸른데
구름은 하얗게 웃으며 흘러간다

한 줄기 맑은 바람은 내 가슴을 헤집고
찌르르 풀벌레 소리는
어느덧 가을임을 노래하네

두 줄로 나 있는 작은 길옆에서
노란 국화 웃음 짓고 있으며
언덕 위 바위틈 아래 서 있는 작은 감나무에
파란 감들이 주렁주렁 매달려 있다

대숲 사이로 불어오는
한 줄기 바람 앞에서
붉은 고추잠자리 외롭게 비행한다

밝은 햇살이 비치는 곳으로
팔랑거리며 낙엽 한 장이 떨어지니
정녕, 가을은 내 마음에도 찾아왔구나

철마는 말이 없다

핏빛으로 물들은 철로의
핏빛으로 얼룩져 말없이
외로이 서 있는 철마야
반세기 지나도록 무엇을
그리 생각하느냐

철마야 말 물어보자
한나라 한 형제가
무슨 원한 그리 많아
총부리 겨눠가며 반세기가
흘러가도 속수무책
말해다오 말하여다오
피 흘린 철마 너만은 알리라

돌아오지 않은 다리 밑에
강물도 흘러가는데
우리 형제 언제 다시 만나
손에 손잡고 그리웠던 정
나누며 부귀영화 누려볼까

철마야 소리치며 달려라
임진강도 눈물 흘리며
돌아 산 전투에
전사한 영혼들이
지하에서 통곡한다

청춘은 가네

세상에 태어나 인생길 들어서니
산도 넘고 물도 건너 청춘을 불태우며
거센 파도 물결 위에 비바람 몰아쳐도
살아가는 인생살이

세월은 사계절이 가고 오건만
청춘은 한 번 가면 돌아올 줄 모르네

청춘에 젊은 혈로 무엇이 두려우랴
빈주먹 움켜쥐고 세월 따라 오다
짊어진 짐 내려놓고 되돌아보니
검은 머리 백발 되고 어느덧 황혼이라

잠깐 쉬어가는 이승
고난과 역경 속에 청춘은 간곳없고
지나온 세월 허무하기 그지없네

청풍도 변하리라

춘삼월 청풍 늘 푸를쏘냐
꽃피고 벌 나비 날아들 땐
청풍이련만 세월이 변하는데
너 어이 변하지 않으랴

무더운 하절 태풍이 지나가니
따갑던 햇볕 가라앉아
폭염은 간곳없고 오곡백과
익어 가는 가을이 돌아오네

그늘에 누워 쉬고 있던
가을바람 잠깨어 일어나니
푸르던 초목 오색으로 물들며
조석으로 가을바람 옷깃을
여미게 하는데 네 어이
청풍으로 남을쏘냐

천의 자원

자연의 신비 청정 지역
미지 산 골골마다
솟아오르는 맑은 물 모여
정답게 이야기꽃 피우며
만인들이 우리를 기다리니
어서 가자고 소릴 친다

듣고 있던 산새들도
즐거운 듯 활개치며
잘 가라고 작별인사하는
박수소리 놀래 잠을 깬
노송도 환영 인사 하네

두물머리 당도하니
기다리고 있던
북한강 물도 반가워하며
부둥켜안고 어깨동무하고
오순도순 이야기꽃 피우며
만인을 향하여 잘도 흐른다

탐욕은 금물

욕심을 버리면
세상이 아름답다
세상을 원망 말고
내 처신을 살펴보아라
욕심 찬 마음으로 세상을
바라보면 모든 사물이
아름답지 못하다

손에 든 물건을 버려야
다른 물건을 받을 수 있다

마음을 비우고
남에게 먼저 베풀어라
그러면 마음도 편해지고
세상 보는 것이 아름다우리라

불행은 탐욕에서 오고
복은 겸손에서 오느니라
남을 먼저 존중해야
존경을 받는다

산기슭

오색 단풍에
놀던 가을바람 잠재우고
떨어진 단풍 촉촉이 적시며
동절을 재촉하는 찬바람에
가을바람 가라고 가랑비 내려

엄동설한 몰려오는 바람 소리에
계곡 물도 슬픈 듯 소리 내어 흐르니
초목도 잘 가라 작별 인사하네

산기슭 초가삼간
엄동설한 찬바람 불어오고
문풍지 우는소리 외롭고 가난한
이 가슴에 찬바람만이 스며들고
휘영청 밝은 달 창가에 비치어
수심의 싸여 뜬눈으로 지새울 때
종달새 우는소리 수심의 잠긴 마음
봄바람이 따듯이 풀어주네

삶의 행로(行路)

폭염에 폭우 퍼붓는 여름도 지나가고
가을바람에 햇빛 비추니
산천은 오색으로 물들어가고
귀뚜라미 서러워 슬피 우네

여보게 친구 무얼 그리 생각하나
산다는 것이 다 그런 거지
우리는 아직 남은 시간이 있지 않나
저 화려한 가을 벌판을 바라보게나
아름답지 않은가

우리의 황혼길도 저 단풍든 벌판같이
가슴 활짝 열고 황혼의 향로(向路) 바라보며
희망을 가지고 삶의 행로(行路) 개척해 가세

이 세상 영원한 것이 어디 있는가
화무십일홍(花無十日紅)이라 달도 차면 기우난이
우리의 삶도 왔다가는 것이 자연의 순리
이 길은 너나없이 다 가는 길이다

화무십일홍(花無十日紅) : 열흘 붉은 꽃이 없다는 뜻으로, 한 번 성한 것이
　　　　　　　　　　얼마 못 가서 반드시 쇠하여짐을 이르는 말

화진포

맑은 하늘 초여름
비탈길 굽이굽이 돌고 돌아
동해 바다 화진포 당도하니
물 위에 떠 있는 한복의 동양화 같은
천연의 신비로다

오랜 세월 동안 외침에 시달리다
해방되어 내 나라 대한민국
또 무엇이 모자라 한나라 한민족이
총 칼 겨누고 무엇을 얻으려
하는지 화진포 너만은 알리라
속 시원히 말 좀 하려나

한나라 한민족 한 형제
분단된 지 반평생
그동안 남은 건 아픔과 서러움
화진포 물어보자 분단된 이 나라
통일은 언제 오려나?

허무한 인생

세상 태어날 때 주먹을 움켜쥐고 희망과
용기로 천하를 호령해 가며 태어나서
살아보니 인생이란 풀잎에 이슬 같이
허무하고 냉정하기 그지없는 세상이 더-라

동풍설화 변화 시의 슬피 우는 두견새야
명사십리 해당화 꽃 진다고 울지마라
인생은 한번 가면 다시는 못 오지만
춘삼월 봄이 오면 꽃은 다시 피우-라

붉은 장미

춘삼월 마다하고
기나긴 하절 보릿고개
가시 달린 앙상한 몸
푸른 잎으로 위장하고
담벼락 오르느라
붉어진 장미

보릿고개
넘기 힘들어 찡그리고
가던 길손도 빨갛게 활짝 핀
너를 보고 찡그리고 가던
길손의 얼굴이 활짝 펴지니
참 복스럽고 아름답구나

자연

저 아름다운 자연 속에
계곡 물 흐르듯 세월 따라
덧없이 허둥지둥 무엇을 향해
달려왔는지 되돌아보니
의기양양하던 그 모습 간곳없네

자연이 청춘에게 가지 말라고
애원해도 세월에 끌려가니
계곡 물 애처로워 통곡해도
들은 척도 아니하고 달려가니
바라보던 두견새마저 슬피 운다

여보시오, 번민네들
이내 말 좀 들어보소 세상살이
별거 없소 자연에 묻어가는 동안
인간관계 좋은 인연 맺어 떠나간 뒤
아름다운 꽃 피게 하소서

세월 잘못 만나

사방천 시집

초판 1쇄 : 2013년 9월 16일

지 은 이 : 사방천

펴 낸 이 : 김락호

디자인 편집 : 한지나

기 획 : 시사랑 음악사랑

인 쇄 : 청룡

연 락 처 : 1899-1341

홈페이지 주소 : www.poemmusic.net

E-Mail : poemarts@hanmail.net

정가 : 10,000원

ISBN : 978-89-91664-66-1